잊었던 맘

일러두기

- 이 책은 김소월이 쓴 시 중 100편을 골라 엮은 것이다. 엮은이가 참고한 책은 다음과 같다. 김소월, 『진달래꽃』(매문사, 1925).
- 이 책에 실린 주석은 모두 엮은이 주이다.
- 현행 맞춤법 표기를 따르되, 시적 효과와 관련되는 경우는 그대로 두었다. 가령 띄어쓰기는 원문 그대로 표기했다.
- 한자는 한글로 고치되, 꼭 필요한 경우는 괄호 처리하였다.
- 모든 행의 첫머리는 들여 쓰기를 하였다.
- 한 편의 시가 여러 쪽으로 나뉘는 경우, 연 단위로 구분하고 시의 마지막 행에 '▸'를 표기하여 다음 쪽에 이어짐을 표시했다. 하나의 연이 길어서 여러 쪽으로 나뉘는 경우에는 '▸▸'를 표기하여 해당 연이 계속 이어짐을 표시했다.
- 작가의 저작을 표기할 때에는 시집과 장편·단편 작품을 구분하여 표기하였다. 시집은 겹꺽쇠(『 』)로 표기하였으며, 장편 작품은 큰따옴표로, 단편 작품은 홑꺽쇠(「 」)로 표기했다. 문학잡지, 계간지 등은 '≪ ≫'로 표기했으며 문학 작품 외에 공연 등 극 작품은 '〈 〉'로 표기했다.

한울세계시인선 05

잊었던 맘

김소월 시선집

김소월 지음

이혜원 엮음

차례

님 의 노 래

가는 길

5

꿈으로 오는 한 사람

님의 노래

먼 후일

먼 훗날 당신이 찾으시면
그때에 내 말이 "잊었노라"

당신이 속으로 나무라면
"무척 그리다가 잊었노라"

그래도 당신이 나무라면
"믿기지 않아서 잊었노라"

오늘도 어제도 아니 잊고
먼 훗날 그때에 "잊었노라"

풀 따기

우리 집 뒷산에는 풀이 푸르고
숲 사이의 시냇물, 모래 바닥은
파아란 풀 그림자, 떠서 흘러요.

그리운 우리 님은 어디 계신고.
날마다 피어나는 우리 님 생각.
날마다 뒷산에 홀로 앉아서
날마다 풀을 따서 물에 던져요.

흘러가는 시내의 물에 흘러서
내어 던진 풀잎은 옅게 떠갈 제
물살이 헤적헤적 품을 헤쳐요.

그리운 우리 님은 어디 계신고.
가엾은 이내 속을 둘 곳 없어서
날마다 풀을 따서 물에 던지고
흘러가는 잎이나 맘해 보아요.

산 위에

산 위에 올라서서 바라다보면
가로막힌 바다를 마주 건너서
님 계시는 마을이 내 눈앞으로
꿈하늘 하늘같이 떠오릅니다

흰 모래 모래 비낀 선창가에는
한가한 뱃노래가 멀리 잦으며
날 저물고 안개는 깊이 덮여서
흩어지는 물꽃뿐 안득입니다*

이윽고 밤 어두워 물새가 울면
물결조차 하나 둘 배는 떠나서
저 멀리 한바다로 아주 바다로
마치 가랑잎같이 떠나갑니다 ▸

•   '안득입니다'는 '아득합니다'라는 뜻이다.

나는 혼자 산에서 밤을 새우고
아침해 붉은 볕에 몸을 씻으며
귀 기울고 솔곳이 엿듣노라면
님 계신 창 아래로 가는 물노래

흔들어 깨우치는 물노래에는
내 님이 놀라 일어 찾으신대도
내 몸은 산 위에서 그 산 위에서
고이 깊이 잠들어 다 모릅니다

옛이야기

고요하고 어두운 밤이 오면은
어스레한 등불에 밤이 오면은
외로움에 아픔에 다만 혼자서
하염없는 눈물에 저는 웁니다

제 한 몸도 예전엔 눈물 모르고
조그마한 세상을 보냈습니다
그때는 지난날의 옛이야기도
아무 설움 모르고 외웠습니다

그런데 우리 님이 가신 뒤에는
아주 저를 버리고 가신 뒤에는
전날에 제게 있던 모든 것들이
가지가지 없어지고 말았습니다

그러나 그 한때에 외어 두었던
옛이야기뿐만은 남았습니다
나날이 짙어 가는 옛이야기는
부질없이 제 몸을 울려 줍니다

님의 노래

그리운 우리 님의 맑은 노래는
언제나 제 가슴에 젖어 있어요

긴 날을 문밖에서 서서 들어도
그리운 우리 님의 고운 노래는
해 지고 저물도록 귀에 들려요
밤들고 잠들도록 귀에 들려요

고이도 흔들리는 노랫가락에
내 잠은 그만이나 깊이 들어요
고적한 잠자리에 홀로 누워도
내 잠은 포스근히 깊이 들어요

그러나 자다 깨면 님의 노래는
하나도 남김없이 잃어버려요
들으면 듣는 대로 님의 노래는
하나도 남김없이 잊고 말아요

님의 말씀

세월이 물과 같이 흐른 두 달은
길어둔 독엣 물도 찌었지마는*
가면서 함께 가자 하던 말씀은
살아서 살을 맞는 표적이외다

봄풀은 봄이 되면 돋아나지만
나무는 밑그루를 꺾은 셈이요
새라면 두 죽지가 상한 셈이라
내 몸에 꽃필 날은 다시 없구나

밤마다 닭 소리라 날이 첫 시(時)면
당신의 넋 맞으러 나가 볼 때요
그믐에 지는 달이 산에 걸리면
당신의 길신가리** 차릴 때외다 ▸

• '찌다'는 '고인 물이 없어지거나 줄어들다'라는 뜻이다.
•• '길신가리'는 '길일을 정해 죽은 사람의 명복을 빌어주는 굿'이나 '죽은 사람
　 을 위해 갈 길을 인도하기 위해 소경을 데려다 시키는 굿'을 뜻한다.

세월은 물과 같이 흘러가지만
가면서 함께 가자 하던 말씀은
당신을 아주 잊던 말씀이지만
죽기 전 또 못 잊을 말씀이외다

님에게

한때는 많은 날을 당신 생각에
밤까지 새운 일도 없지 않지만
아직도 때마다는 당신 생각에
추거운* 베갯가의 꿈은 있지만

낯모를 딴 세상의 네길거리에
애달피 날 저무는 갓 스물이요
캄캄한 어두운 밤 들에 헤매도
당신은 잊어버린 설움이외다

당신을 생각하면 지금이라도
비 오는 모래밭에 오는 눈물의
추거운 베갯가의 꿈은 있지만
당신은 잊어버린 설움이외다

* '추겁다'는 '축축하다'라는 뜻이다.

못 잊어

못잊어 생각이 나겠지요,
그런대로 한세상 지내시구려,
사노라면 잊힐 날 있으리다.

못 잊어 생각이 나겠지요,
그런대로 세월만 가라시구려,
못 잊어도 더러는 잊히오리다.

그러나 또 한껏 이렇지요,
'그리워 살뜰히 못 잊는데,
어쩌면 생각이 떠지나요?'

예전엔 미처 몰랐어요

봄 가을 없이 밤마다 돋는 달도
　'예전엔 미처 몰랐어요.'

이렇게 사무치게 그리울 줄도
　'예전엔 미처 몰랐어요.'

달이 암만 밝아도 쳐다볼 줄을
　'예전엔 미처 몰랐어요.'

이제금 저 달이 설움인 줄은
　'예전엔 미처 몰랐어요.'

자나깨나 앉으나 서나

자나깨나 앉으나 서나
그림자 같은 벗 하나가 내게 있었습니다.

그러나, 우리는 얼마나 많은 세월을
쓸데없는 괴로움으로만 보내었겠습니까!

오늘은 또다시, 당신의 가슴속, 속 모를 곳을
울면서 나는 휘저어 버리고 떠납니다그려.

허수한 맘, 둘 곳 없는 심사에 쓰라린 가슴은
그것이 사랑, 사랑이던 줄이 아니도 잊힙니다.

해가 산마루에 저물어도

해가 산마루에 저물어도
내게 두고는 당신 때문에 저뭅니다.

해가 산마루에 올라와도
내게 두고는 당신 때문에 밝은 아침이라고 할 것입니다.

땅이 꺼져도 하늘이 무너져도
내게 두고는 끝까지 모두 다 당신 때문에 있습니다.

다시는, 나의 이러한 맘뿐은, 때가 되면,
그림자같이 당신한테로 가오리다.

오오, 나의 애인이었던 당신이여.

맘 켱기는 날

오실 날
아니 오시는 사람!
오시는 것 같게도
맘 켱기는 날!
어느덧 해도 지고 날이 저무네!

기억

달 아래 쇠멋없이* 섰던 그 여자,
서 있던 그 여자의 해쓱한 얼굴,
해쓱한 그 얼굴 적이 파릇함.
다시금 실 벋듯한 가지 아래서
시커먼 머리낄**은 번쩍거리며.
다시금 하룻밤의 식는 강물을
평양의 긴 단장은 싣고 가던 때.
오오 그 쇠멋없이 섰던 여자여!

그립다 그 한밤을 내게 가깝던
그대여 꿈이 깊던 그 한동안을
슬픔에 귀여움에 다시 사랑의
눈물에 우리 몸이 맡기웠던 때.
다시금 고즈넉한 성 밖 골목의
사월의 늦어가는 뜬눈의 밤을 ▸▸

• '쇠멋없이'는 '생각 없이 망연하게'라는 뜻이다.
•• '머리낄'은 '머리카락'의 평북 방언이다.

한두 개 등불 빛은 울어 새던 때.
오오 그 쇠멋없이 섰던 여자여!

애모

왜 아니 오시나요.
영창에는 달빛, 매화꽃이
그림자는 산란히 휘젓는데.
아이. 눈 꽉 감고 요대로 잠을 들자.

저 멀리 들리는 것!
봄철의 밀물소리
물나라의 영롱한 구중궁궐, 궁궐의 오요한 곳,
잠 못 드는 용녀(龍女)의 춤과 노래, 봄철의 밀물소리.

어두운 가슴속의 구석구석……
환연한 거울 속에, 봄 구름 잠긴 곳에,
소솔비 내리며, 달무리 둘려라.
이대도록 왜 아니 오시나요. 왜 아니 오시나요.

가을 저녁에

물은 희고 길구나, 하늘보다도.
구름은 붉구나, 해보다도.
서럽다, 높아 가는 긴 들 끝에
나는 떠돌며 울며 생각한다, 그대를.

그늘 깊이 오르는 발 앞으로
끝없이 나아가는 길은 앞으로.
키 높은 나무 아래로, 물마을은
성깃한 가지가지 새로 떠오른다.

그 누가 온다고 한 언약도 없건마는!
기다려 볼 사람도 없건마는!
나는 오히려 못 물가를 싸고 떠돈다.
그 못물로는 놀이 잦을 때.

님과 벗

벗은 설움에서 반갑고
님은 사랑에서 좋아라.
딸기꽃 피어서 향기로운 때를
고초(苦椒)의 붉은 열매 익어가는 밤을
그대여, 부르라, 나는 마시리

천리만리

말리지 못할 만치 몸부림하며
마치 천리만리나 가고도 싶은
맘이라고나 하여 볼까.
한줄기 쏜살같이 뻗은 이 길로
줄곧 치달아 올라가면
불붙는 산의, 불붙는 산의
연기는 한두 줄기 피어올라라.

개여울의 노래

그대가 바람으로 생겨났으면!
달 돋는 개여울의 빈 들 속에서
내 옷의 앞자락을 불기나 하지.

우리가 굼벵이로 생겨났으면!
비 오는 저녁 캄캄한 영 기슭의
미욱한 꿈이나 꾸어를 보지.

만일에 그대가 바다 난 끝의
벼랑에 돌로나 생겨났다면,
둘이 안고 굴며 떨어나지지.

만일에 나의 몸이 불귀신이면
그대의 가슴속을 밤 도와 태워
둘이 함께 재 되어 스러지지.

개여울

당신은 무슨 일로
그리합니까?
홀로이 개여울에 주저앉아서

파릇한 풀포기가
돋아나오고
잔물은 봄바람에 헤적일 때에

가도 아주 가지는
않노라시던
그러한 약속이 있었겠지요

날마다 개여울에
나와 앉아서
하염없이 무엇을 생각합니다

가도 아주 가지는
않노라심은
굳이 잊지 말라는 부탁인지요

비단 안개

눈들이 비단 안개에 둘릴 때,
그때는 차마 잊지 못할 때러라.
만나서 울던 때도 그런 날이오,
그리워 미친 날도 그런 때러라.

눈들이 비단 안개에 둘릴 때,
그때는 홀목숨은 못살 때러라.
눈 풀리는 가지에 당치맞귀로
젊은 계집 목매고 달릴 때러라.

눈들이 비단 안개에 둘릴 때,
그때는 종달새 솟을 때러라.
들에랴, 바다에랴, 하늘에서랴,
알지 못할 무엇에 취할 때러라.

눈들이 비단 안개에 둘릴 때,
그때는 차마 잊지 못할 때러라.
첫사랑 있던 때도 그런 날이요,
영 이별 있던 날도 그런 때러라.

원앙침(鴛鴦枕)

바드득 이를 갈고
죽어 볼까요
창가에 아롱아롱
달이 비친다

눈물은 새우잠의
팔굽 베개요
봄꿩은 잠이 없어
밤에 와 운다.

두동달이 베개는
어디 갔는고
언제는 둘이 자던 베갯머리에
"죽자 사자" 언약도 하여 보았지.

봄 메의 멧기슭에
우는 접동도
내 사랑 내 사랑
좋이 울겠다. ▸

두둥달이 베개는
어디 갔는고
창가에 아롱아롱
달이 비친다.

진달래꽃

나 보기가 역겨워
가실 때에는
말없이 고이 보내 드리우리다

영변에 약산
진달래꽃
아름 따다 가실 길에 뿌리우리다

가시는 걸음걸음
놓인 그 꽃을
사뿐히 즈려밟고 가시옵소서

나 보기가 역겨워
가실 때에는
죽어도 아니 눈물 흘리우리다

가는 길

제비

하늘로 날아다니는 제비의 몸으로도
일정한 깃을 두고 돌아오거든!
어찌 섧지 않으랴, 집도 없는 몸이야!

하늘 끝

불현듯
집을 나서 산을 치달아
바다를 내다보는 나의 신세여!
배는 떠나 하늘로 끝을 가누나!

담배

나의 긴 한숨을 동무하는
못 잊게 생각나는 나의 담배!
내력을 잊어버린 옛 시절에
났다가 새 없이 몸이 가신
아씨님 무덤 위의 풀이라고
말하는 사람도 보았어라.
어물어물 눈앞에 스러지는 검은 연기,
다만 타붓고 없어지는 불꽃.
아 나의 괴로운 이 맘이여.
나의 하염없이 쓸쓸한 많은 날은
너와 한가지로 지나가라.

어버이

잘살며 못살며 할 일이 아니라
죽지 못해 산다는 말이 있나니,
바이 죽지 못할 것도 아니지마는
금년에 열네 살, 아들딸이 있어서
순복이 아버님은 못하노란다.

부모

낙엽이 우수수 떨어질 때,
겨울의 기나긴 밤,
어머님하고 둘이 앉아
옛이야기 들어라.

나는 어쩌면 생겨 나와
이 이야기 듣는가?
묻지도 말아라, 내일 날에
내가 부모 되어서 알아보랴?

후살이

홀로된 그 여자
근일에 와서는 후살이 간다 하여라.
그렇지 않으랴, 그 사람 떠나서
이제 십년, 저 혼자 더 살은 오늘날에 와서야……
모두 다 그럴듯한 사람 사는 일예요.

지연

오후의 네길거리 해가 들었다,
시정(市井)의 첫겨울의 적막함이여,
우둑히 문 어귀에 혼자 섰으면,
흰 눈의 잎사귀, 지연(紙鳶)이 뜬다.

설움의 덩이

꿇어앉아 올리는 향로의 향불.
내 가슴에 조그만 설움의 덩이.
초닷새 달 그늘에 빗물이 운다.
내 가슴에 조그만 설움의 덩이.

봄비

어룰* 없이 지는 꽃은 가는 봄인데
어룰 없이 오는 비에 봄은 울어라.
서럽다, 이 나의 가슴속에는!
보라, 높은 구름 나무의 푸릇한 가지.
그러나 해 늦으니 어스름인가.
애달피 고운 비는 그어 오지만
내 몸은 꽃자리에 주저앉아 우노라.

* '어룰'은 '얼굴'의 평북 방언이다.

반달

희멀끔하여 떠돈다, 하늘 위에,
빛 죽은 반달이 언제 올랐나!
바람은 나온다, 저녁은 춥구나,
흰 물가엔 뚜렷이 해가 드누나.

어두컴컴한 풀 없는 들은
찬 안개 위로 떠 흐른다.
아, 겨울은 깊었다, 내 몸에는,
가슴이 무너져 내려앉는 이 설움아!

가는 님은 가슴에 사랑까지 없애고 가고
젊음은 늙음으로 바뀌어 든다.
들가시나무의 밤드는 검은 가지
잎새들만 저녁 빛에 희끄무레히 꽃 지듯 한다.

바람과 봄

봄에 부는 바람, 바람 부는 봄,
작은 가지 흔들리는 부는 봄바람,
내 가슴 흔들리는 바람, 부는 봄,
봄이라 바람이라 이 내 몸에는
꽃이라 술잔이라 하며 우노라.

낙천(樂天)

살기에 이러한 세상이라고
맘을 그렇게나 먹어야지,
살기에 이러한 세상이라고,
꽃 지고 잎 진 가지에 바람이 운다.

생과 사

살았대나 죽었대나 같은 말을 가지고
사람은 살아서 늙어서야 죽나니,
그러하면 그 역시 그럴듯도 한 일을,
하필코 내 몸이라 그 무엇이 어째서
오늘도 산마루에 올라서서 우느냐.

바다가 변하여 뽕나무밭 된다고

걷잡지 못할 만한 나의 이 설움,
저무는 봄 저녁에 져가는 꽃잎,
져가는 꽃잎들은 나부끼어라.
예로부터 일러오며 하는 말에도
바다가 변하여 뽕나무밭 된다고.
그러하다, 아름다운 청춘의 때에
있다던 온갖 것은 눈에 설고
다시금 낯모르게 되나니,
보아라, 그대여, 서럽지 않은가,
봄에도 삼월의 져가는 날에
붉은 피같이도 쏟아져 내리는
저기 저 꽃잎들을, 저기 저 꽃잎들을.

부부

오오 아내여, 나의 사랑!
하늘이 묶어준 짝이라고
믿고 삶이 마땅치 아니한가.
아직 다시 그러랴, 안 그러랴?
이상하고 별난 사람의 맘,
저 몰라라, 참인지, 거짓인지?
정분으로 얽은 딴 두 몸이라면.
서로 어그점인들 또 있으랴.
한평생이라도 반백년
못 사는 이 인생에!
연분의 긴 실이 그 무엇이랴?
나는 말하려노라, 아무려나,
죽어서도 한곳에 묻히더라.

나의 집

들가에 떨어져 나가 앉은 멧기슭의
넓은 바다의 물가 뒤에,
나는 지으리, 나의 집을,
다시금 큰길을 앞에다 두고.
길로 지나가는 그 사람들은
제가끔 떨어져서 혼자 가는 길.
하이얀 여울턱에 날은 저물 때.
나는 문간에 서서 기다리리
새벽 새가 울며 지새는 그늘로
세상은 희게, 또는 고요하게,
번쩍이며 오는 아침부터,
지나가는 길손을 눈여겨보며,
그대인가고, 그대인가고.

우리 집

이 바루*
외따로 와 지나는 사람 없으니
"밤 자고 가자" 하며 나는 앉아라.

저 멀리, 하늘 편에
배는 떠나 나가는
노래 들리며

눈물은
흘러내려라
스르르 내려 감는 눈에.

꿈에도 생시에도 눈에 선한 우리 집
또 저 산 넘어넘어
구름은 가라.

* '바루'는 '근처'라는 뜻의 평북 방언이다.

길

어제도 하룻밤
나그네 집에
까마귀 가왁가왁 울며 새웠소.

오늘은
또 몇 십 리
어디로 갈까.

산으로 올라갈까
들로 갈까
오라는 곳이 없어 나는 못 가오.

말 마소 내 집도
정주 곽산
차 가고 배 가는 곳이라오.

여보소 공중에
저 기러기
공중엔 길 있어서 잘 가는가? ▸

여보소 공중에

저 기러기

열 십자 복판에 내가 섰소.

갈래갈래 갈린 길

길이라도

내게 바이 갈 길은 하나 없소.

가는 길

그립다
말을 할까
하니 그리워

그냥 갈까
그래도
다시 더 한 번……

저 산에도 까마귀, 들에 까마귀,
서산에는 해 진다고
지저귑니다.

앞 강물, 뒷 강물,
흐르는 물은
어서 따라오라고 따라가자고
흘러도 연달아 흐릅디다려.

왕십리

비가 온다
오누나
오는 비는
올지라도 한 닷새 왔으면 좋지.

여드레 스무날엔
온다고 하고
초하루 삭망이면 간다고 했지.
가도 가도 왕십리(往十里) 비가 오네.

웬걸, 저 새야
울려거든
왕십리 건너가서 울어나 다오,
비 맞아 나른해서 벌새가 운다.

천안에 삼거리 실버들도
촉촉이 젖어서 늘어졌다대.
비가 와도 한 닷새 왔으면 좋지.
구름도 산마루에 걸려서 운다.

산

산새도 오리나무
위에서 운다
산새는 왜 우노, 시메산골
영 넘어가려고 그래서 울지.

눈은 내리네, 와서 덮이네.
오늘도 하룻길
칠팔십 리
돌아서서 육십 리는 가기도 했소.

불귀(不歸), 불귀, 다시 불귀,
삼수갑산에 다시 불귀.
사나이 속이라 잊으련만,
십오 년 정분을 못 잊겠네

산에는 오는 눈, 들에는 녹는 눈.
산새도 오리나무
위에서 운다.
삼수갑산 가는 길은 고개의 길.

삭주구성

물로 사흘 배 사흘
먼 삼천 리
더더구나 걸어 넘는 먼 삼천 리
삭주구성(朔州龜城)은 산을 넘은 육천 리요

물 맞아 함빡이 젖은 제비도
가다가 비에 걸려 오노랍니다
저녁에는 높은 산
밤에 높은 산

삭주구성은 산 너머
먼 육천 리
가끔가끔 꿈에는 사오천 리
가다 오다 돌아오는 길이겠지요

서로 떠난 몸이길래 몸이 그리워
님을 둔 곳이길래 곳이 그리워
못 보았소 새들도 집이 그리워
남북으로 오며 가며 아니 합디까 ‣

들 끝에 날아가는 나는 구름은
밤쯤은 어디 바로 가 있을 텐고
삭주구성은 산 너머
먼 육천 리

춘향과 이도령

평양에 대동강은
우리나라에
곱기로 으뜸가는 가람이지요

삼천 리 가다 가다 한가운데는
우뚝한 삼각산이
솟기도 했소

그래 옳소 내 누님, 오오 누이님
우리나라 섬기던 한 옛적에는
춘향과 이도령도 살았다지요

이편에는 함양, 저편에 담양,
꿈에는 가끔가끔 산을 넘어
오작교 찾아 찾아 가기도 했소

그래 옳소 누이님 오오 내 누님
해 돋고 달 돋아 남원 땅에는
성춘향 아가씨가 살았다지요

접동새

접동
접동
아우래비 접동

진두강 가람가에 살던 누나는
진두강 앞 마을에
와서 웁니다

옛날, 우리나라
먼 뒤쪽의
진두강 가람가에 살던 누나는
의붓어미 시샘에 죽었습니다

누나라고 불러 보랴
오오 불설워*
시새움에 몸이 죽은 우리 누나는
죽어서 접동새가 되었습니다 ▸

• '불서럽다'는 '몹시 서럽다'라는 뜻이다.

아홉이나 남아 되던 오랩동생을
죽어서도 못 잊어 차마 못 잊어
야삼경 남 다 자는 밤이 깊으면
이 산 저 산 옮아가며 슬피 웁니다.

집 생각

산에나 올라서서
바다를 보라
사면에 백열 리, 창파(滄波) 중에
객선만 중중…… 떠나간다.

명산대찰이 그 어디메냐
향안(香案), 향합(香盒), 대그릇에,
석양이 산머리 넘어가고
사면에 백열 리, 물소리라

"젊어서 꽃 같은 오늘날로
금의(錦衣)로 환고향(還故鄕)하옵소서."
객선(客船)만 중중…… 떠나간다
사면에 백열 리, 나 어찌 갈까

까투리도 산 속에 새끼 치고
타관만리에 와 있노라고
산중만 바라보며 목메인다
눈물이 앞을 가린다고 ▸

들에나 내려오면

치어다보라

해님과 달님이 넘나든 고개

구름만 첩첩…… 떠돌아 간다

꽃 촛불 켜는 밤

꽃 촛불 켜는 밤, 깊은 골방에 만나라.
아직 젊어 모를 몸, 그래도 그들은
"해 달같이 밝은 맘, 저저마다 있노라"
그러나 사랑은, 한두 번만 아니라, 그들은 모르고.

꽃 촛불 켜는 밤, 어스러한 창 아래 만나라.
아직 앞길 모를 몸, 그래도 그들은
"솔대같이 굳은 맘, 저저마다 있노라"
그러나 세상은, 눈물 날 일 많아라, 그들은 모르고.

사노라면 사람은 죽는 것을

하루라도 몇 번씩 내 생각은
내가 무엇 하려고 살려는지?
모르고 살았노라, 그럴 말로
그러나 흐르는 저 냇물이
흘러가서 바다로 든달진댄.
일로조차 그러면, 이 내 몸은
애쓴다고는 말부터 잊으리라.
사노라면 사람은 죽는 것을
그러나, 다시 내 몸,
봄빛의 불붙는 사태흙에
집 짓는 저 개미
나도 살려 하노라, 그와 같이
사는 날 그날까지
삶에 즐거워서,
사는 것이 사람의 본뜻이면
오오 그러면 내 몸에는
다시는 애쓸 일도 더 없어라
사노라면 사람은 죽는 것을.

나는 세상 모르고 살았노라

"가고 오지 못한다"는 말을
철없던 내 귀로 들었노라.
만수산 올라서서
옛날에 갈라선 그 내 님도
오늘날 뵈올 수 있었으면.

나는 세상 모르고 살았노라,
고락에 겨운 입술로는
같은 말도 조금 더 영리하게
말하게도 지금은 되었건만.
오히려 세상 모르고 살았으면!

"돌아서면 무심타"고 하는 말이
그 무슨 뜻인 줄을 알았으랴.
제석산 붙는 불은 옛날에 갈라선 그 내 님의
무덤에 풀이라도 태웠으면!

엄마야 누나야

엄마야 누나야 강변 살자.
뜰에는 반짝이는 금모랫빛.
뒷문 밖에는 갈잎의 노래
엄마야 누나야 강변 살자.

밭고랑 위에서

바다

뛰노는 흰 물결이 일고 또 잦는
붉은 풀이 자라는 바다는 어디

고기잡이꾼들이 배 위에 앉아
사랑 노래 부르는 바다는 어디

파랗게 좋이 물든 남빛 하늘에
저녁놀 스러지는 바다는 어디

곳 없이 떠다니는 늙은 물새가
떼를 지어 좇니는 바다는 어디

건너서서 저편은 딴 나라이라
가고 싶은 그리운 바다는 어디

자주 구름

물 고운 자주(紫朱) 구름,
하늘은 개어 오네.
밤중에 몰래 온 눈
솔숲에 꽃피었네.

아침볕 빛나는데
알알이 뛰노는 눈

밤새에 지난 일은……
다 잊고 바라보네.

움직거리는 자주 구름.

두 사람

흰 눈은 한 잎
또 한 잎
영(嶺) 기슭을 덮을 때.
짚신에 감발하고 길심매고*
우뚝 일어나면서 돌아서도⋯⋯
다시금 또 보이는,
다시금 또 보이는.

* '길심매고'는 '길짐 메고'라는 뜻이다.

개미

진달래꽃이 피고
바람은 버들가지에서 울 때,
개미는
허리 가늣한 개미는
봄날의 한나절, 오늘 하루도
고달피 부지런히 집을 지어라.

부엉새

간밤에
뒤창 밖에
부엉새가 와서 울더니,
하루를 바다 위에 구름이 캄캄.
오늘도 해 못 보고 날이 저무네.

수아(樹芽)

섧다 해도
웬만한,
봄이 아니어,
나무도 가지마다 눈을 텄어라!

서울 밤

붉은 전등.
푸른 전등.
넓다란 거리면 푸른 전등.
막다른 골목이면 붉은 전등.
전등은 반짝입니다.
전등은 그물입니다. *
전등은 또다시 어스렷합니다.
전등은 죽은 듯한 긴 밤을 지킵니다.

나의 가슴의 속 모를 곳의
어둡고 밝은 그 속에서도
붉은 전등이 흐득여 웁니다.
푸른 전등이 흐득여 웁니다.

붉은 전등.
푸른 전등.
머나먼 밤하늘은 새카맙니다. ▸▸

---

* '그물이다'는 '불빛이 밝게 비치지 않고 자꾸 침침해지다'라는 뜻이다.

머나먼 밤하늘은 새카맙니다.

서울 거리가 좋다고 해요.
서울 밤이 좋다고 해요.
붉은 전등.
푸른 전등.
나의 가슴의 속 모를 곳의
푸른 전등은 고적합니다.
붉은 전등은 고적합니다.

오시는 눈

땅 위에 새하얗게 오시는 눈.
기다리는 날에는 오시는 눈.
오늘도 저 안 온 날 오시는 눈.
저녁불 켤 때마다 오시는 눈.

붉은 조수

바람에 밀려드는 저 붉은 조수(潮水)
저 붉은 조수가 밀어들 때마다
나는 저 바람 위에 올라서서
푸릇한 구름의 옷을 입고
불 같은 저 해를 품에 안고
저 붉은 조수와 나는 함께
뛰놀고 싶구나, 저 붉은 조수와.

남의 나라 땅

돌아다 보이는 무쇠다리
얼결에 띄워 건너서서
숨 고르고 발 놓는 남의 나라 땅.

어인(漁人)

헛된 줄 모르고나 살면 좋아도!
오늘도 저 너머편 마을에서는
고기잡이 배 한 척 길 떠났다고.
작년에도 바닷놀이 무서웠건만.

귀뚜라미

산바람 소리.
찬비 듣는 소리.
그대가 세상 고락 말하는 날 밤에,
순막집* 불도 지고 귀뚜라미 울어라.

* '순막집'은 '숯막집'으로 '길손이 쉬어가는 주막'을 뜻한다.

불운에 우는 그대여

불운에 우는 그대여, 나는 아노라
무엇이 그대의 불운을 지었는지도,
부는 바람에 날려,
밀물에 흘러,
굳어진 그대의 가슴속도.
모두 지나간 나의 일이면.
다시금 또 다시금
적황의 포말은 북고여라, 그대의 가슴속의
암청의 이끼여, 거친 바위
치는 물가의.

여름의 달밤

서늘하고 달 밝은 여름밤이여
구름조차 희미한 여름밤이여
그지없이 거룩한 하늘로서는
젊음의 붉은 이슬 젖어 내려라.

행복의 맘이 도는 높은 가지의
아슬아슬 그늘 잎새를
배불러 기어 도는 어린 벌레도
아아 모든 물결은 복받았어라.

벋어벋어 오르는 가시덩굴도
희미하게 흐르는 푸른 달빛이
기름 같은 연기에 멱감을러라.
아아 너무 좋아서 잠 못 들어라.

우줏한 풀대들은 춤을 추면서
갈잎들은 그윽한 노래 부를 때.
오오 내려 흔드는 달빛 가운데
나타나는 영원을 말로 새겨라. ▸

자라는 물벼이삭 벌에서 불고
마을로 은(銀) 숫듯이 오는 바람은
눅잦히는* 향기를 두고 가는데
인가들은 잠들어 고요하여라.

하루 종일 일하신 아기 아버지
농부들도 편안히 잠들었어라.
영 기슭의 어득한 그늘 속에선
쇠스랑과 호미뿐 빛이 피어라.

이윽고 식새리** 우는 소리는
밤이 들어가면서 더욱 잦을 때
나락밭 가운데의 우물가에는
농녀(農女)의 그림자가 아직 있어라. ‣

- '눅잦히다'는 '누그러져 가라앉게 하다'라는 뜻이다.
-- '식새리'는 '귀뚜라미'의 방언이다.

달빛은 그물이며 넓은 우주에
잃어졌다 나오는 푸른 별이요.
식새리의 울음의 넘는 곡조요.
아아 기쁨 가득한 여름밤이여.

삼간집에 불붙는 젊은 목숨의
정열(情熱)에 목맺히는 우리 청춘은
서느러운 여름밤 잎새 아래의
희미한 달빛 속에 나부끼어라.

한때의 자랑 많은 우리들이여
농촌에서 지나는 여름보다도
여름의 달밤보다 더 좋은 것이
인간에 이 세상에 다시 있으랴.

조그만 괴로움도 내어버리고
고요한 가운데서 귀 기울이며
흰 달의 금물결에 노를 저어라
푸른 밤의 하늘로 목을 놓아라. ▸

아아 찬양하여라 좋은 한때를
흘러가는 목숨을 많은 행복을.
여름의 어스레한 달밤 속에서
꿈같은 즐거움의 눈물 흘러라.

오는 봄

봄날이 오리라고 생각하면서
쓸쓸한 긴 겨울을 지나 보내라.
오늘 보니 백양(白楊)의 벋은 가지에
전에 없이 흰 새가 앉아 울어라.

그러나 눈이 깔린 둔덕 밑에는
그늘이냐 안개냐 아지랑이냐.
마을들은 곳곳이 움직임 없이
저편 하늘 아래서 평화롭건만.

새들게 지껄이는 까치의 무리.
바다를 바라보며 우는 까마귀.
어디에서 오는지 종경 소리는
젊은 아기 나가는 조곡일러라.

보라 때에 길손도 머뭇거리며
지향 없이 갈 발이 곳을 몰라라.
사무치는 눈물은 끝이 없어도
하늘을 쳐다보는 삶의 기쁨. ▸

저마다 외로움의 깊은 근심이
오도가도 못하는 망상거림에
오늘은 사람마다 님을 여의고
곳을 잡지 못하는 설움일러라.

오기를 기다리는 봄의 소리는
때로 여윈 손끝을 울릴지라도
수풀 밑에 서리운 머리카락들은
걸음걸음 괴로이 발에 감겨라.

물마름

주으린° 새 무리는 마른 나무의
해 지는 가지에서 재갈이던 때.
온종일 흐르던 물 그도 곤하여
놀 지는 골짜기에 목이 메던 때.

그 누가 알았으랴 한쪽 구름도
걸려서 흐느끼는 외로운 영(嶺)을
숨차게 올라서는 여윈 길손이
달고 쓴 맛이라면 다 겪은 줄을.

그곳이 어디더냐 남이 장군이
말 먹여 물 찌었던 푸른 강물이
지금에 다시 흘러 뚝을 넘치는
천백 리 두만강이 예서 백십 리. ▸

• '주으리다'는 '주리다'의 옛말이다.

무산(茂山)의 큰 고개가 예가 아니냐
누구나 예로부터 의를 위하여
싸우다 못 이기면 몸을 숨겨서
한때의 못난이가 되는 법이라.

그 누가 생각하랴 삼백 년 래(來)에
차마 받지 다 못할 한과 모욕을
못 이겨 칼을 잡고 일어섰다가
인력의 다함에서 스러진 줄을.

부러진 대쪽으로 활을 메우고
녹슬은 호미쇠로 칼을 벼려서
다독(茶毒)된 삼천리에 북을 울리며
정의의 기를 들던 그 사람이여.

그 누가 기억하랴 다북동(茶北洞)에서
피 물든 옷을 입고 외치던 일을
정주성 하룻밤의 지는 달빛에
애끊긴 그 가슴이 숯이 된 줄을. ▸

물 위의 뜬 마름에 아침 이슬을
불붙는 산마루에 피었던 꽃을
지금에 우러르며 나는 우노라
이루며 못 이룸에 박(薄)한 이름을.

들도리

들꽃은
피어
흩어졌어라.

들풀은
들로 한 벌 가득히 자라 높았는데,
뱀의 헐벗은 묵은 옷은
길분전의 바람에 날아돌아라.

저 보아, 곳곳이 모든 것은
번쩍이며 살아 있어라.
두 나래 펼쳐 떨며
소리개도 높이 떴어라.

때에 이내 몸
가다가 또다시 쉬기도 하며,
숨에 찬 내 가슴은
기쁨으로 채워져 사뭇 넘쳐라. ▸

걸음은 다시금 또 더 앞으로……

바라건대는 우리에게 우리의 보습 대일 땅이 있었다면

나는 꿈꾸었노라, 동무들과 내가 가지런히
벌가의 하루 일을 다 마치고
석양에 마을로 돌아오는 꿈을,
즐거이, 꿈 가운데.

그러나 집 잃은 내 몸이여,
바라건대는 우리에게 우리의 보습 대일 땅이 있었다면!
이처럼 떠돌으랴, 아침에 저물 손에
새라 새로운 탄식을 얻으면서.

동이랴, 남북이랴,
내 몸은 떠가나니, 볼지어다,
희망의 반짝임은, 별빛의 아득임은,
물결뿐 떠올라라, 가슴에 팔다리에.

그러나 어쩌면 황송한 이 심정을! 날로 나날이 내 앞에는
자칫 가는 길이 이어가라. 나는 나아가리라
한 걸음, 또 한 걸음, 보이는 산비탈엔 ▸

온 새벽 동무들, 저 저 혼자…… 산경(山耕)을 김매이는.

밭고랑 위에서

우리 두 사람은
키 높이 가득 자란 보리밭, 밭고랑 위에 앉았어라.
일을 마치고 쉬는 동안의 기쁨이여.
지금 두 사람의 이야기에는 꽃이 필 때.

오오 빛나는 태양은 내려쪼이며
새 무리들도 즐거운 노래, 노래 불러라.
오오 은혜여, 살아 있는 몸에는 넘치는 은혜여,
모든 은근스러움이 우리의 맘속을 차지하여라.

세계의 끝은 어디? 자애의 하늘은 넓게도 덮였는데,
우리 두 사람은 일하며, 살아 있었어.
하늘과 태양을 바라보아라, 날마다 날마다도,
새라 새로운 환희를 지어내며, 늘 같은 땅 위에서.

다시 한번 활기 있게 웃고 나서, 우리 두 사람은
바람에 일리우는 보리밭 속으로
호미 들고 들어 갔어라, 가지런히 가지런히,
걸어 나아가는 기쁨이여, 오오 생명의 향상이여.

무심(無心)

시집와서 삼 년
오는 봄은
거친벌 난벌에 왔습니다

거친벌 난벌에 피는 꽃은
졌다가도 피노라 이릅디다
소식 없이 기다린
이태 삼 년

바로 가던 앞 강이 간 봄부터
구비 돌아 휘돌아 흐른다고
그러나 말 마소, 앞 여울의
물빛은 예대로 푸르렀소

시집와서 삼 년
어느 때나
터진개 개여울의 여울물은
거친벌 난벌에 흘렀습니다.

산유화

산에는 꽃 피네
꽃이 피네
갈 봄 여름 없이
꽃이 피네

산에
산에
피는 꽃은
저만치 혼자서 피어 있네

산에서 우는 작은 새요
꽃이 좋아
산에서
사노라네

산에는 꽃 지네
꽃이 지네
갈 봄 여름 없이
꽃이 지네

꿈으로 오는 한 사람

봄밤

실버드나무의 검으스럿한 머릿결인 낡은 가지에
제비의 넓은 깃나래의 감색 치마에
술집의 창 옆에, 보아라, 봄이 앉았지 않은가.

소리도 없이 바람은 불며, 울며, 한숨지어라
아무런 줄도 없이 섧고 그리운 새카만 봄밤
보드라운 습기는 떠돌며 땅을 덮어라.

꿈꾼 그 옛날

밖에는 눈, 눈이 와라,
고요히 창 아래로는 달빛이 들어라.
어스름 타고서 오신 그 여자는
내 꿈의 품속으로 들어와 안겨라.

나의 베개는 눈물로 함빡이 젖었어라.
그만 그 여자는 가고 말았느냐.
다만 고요한 새벽, 별 그림자 하나가
창 틈을 엿보아라.

꿈으로 오는 한 사람

나이 자라지면서 가지게 되었노라
숨어 있던 한 사람이, 언제나 나의,
다시 깊은 잠 속의 꿈으로 와라
불그레한 얼굴에 가늣한 손가락의,
모르는 듯한 거동도 전날의 모양대로
그는 야젓이 나의 팔 위에 누워라
그러나, 그래도 그러나!
말할 아무것이 다시 없는가!
그냥 먹먹할 뿐, 그대로
그는 일어라. 닭의 홰치는 소리.
깨어서도 늘, 길거리의 사람을
밝은 대낮에 빗보고는 하노라

눈 오는 저녁

바람 자는 이 저녁
흰 눈은 퍼붓는데
무엇 하고 계시노
같은 저녁 금년(今年)은……

꿈이라도 꾸면은!
잠들면 만날런가.
잊었던 그 사람은
흰 눈 타고 오시네.

저녁때. 흰 눈은 퍼부어라.

닭 소리

그대만 없게 되면
가슴 뛰노는 닭 소리 늘 들어라.

밤은 아주 새어올 때
잠은 아주 달아날 때

꿈은 이루기 어려워라.

저리고 아픔이여
살기가 왜 이리 고달프냐.

새벽 그림자 산란한 들풀 위를
혼자서 거닐어라.

잊었던 맘

집을 떠나 먼 저곳에
외로이도 다니던 내 심사를!
바람불어 봄꽃이 필 때에는,
어찌타 그대는 또 왔는가,
저도 잊고 나니 저 모르던 그대
어찌하여 옛날의 꿈조차 함께 오는가.
쓸데도 없이 서럽게만 오고 가는 맘.

몹쓸 꿈

봄 새벽의 몹쓸 꿈
깨고 나면!
우짖는 까막까치, 놀라는 소리,
너희들은 눈에 무엇이 보이느냐.

봄철의 좋은 새벽, 풀 이슬 맺혔어라.
볼지어다, 세월은 도무지 편안한데,
두서없는 저 까마귀, 새들게 우짖는 저 까치야,
나의 흉한 꿈 보이느냐?

고요히 또 봄바람은 봄의 빈 들을 지나가며,
이윽고 동산에서는 꽃잎들이 흩어질 때,
말 들어라, 애틋한 이 여자야, 사랑의 때문에는
모두다 사나운 조짐인 듯, 가슴을 뒤놓아라.•

• '뒤놓다'는 '뒤집어 놓다'라는 뜻이다.

그를 꿈꾼 밤

야밤중, 불빛이 발갛게
어렴풋이 보여라.

들리는 듯, 마는 듯,
발자국 소리.
스러져 가는 발자국 소리.

아무리 혼자 누어 몸을 뒤채도
잃어버린 잠은 다시 안 와라.

야밤중, 불빛이 발갛게
어렴풋이 보여라.

여자의 냄새

푸른 구름의 옷 입은 달의 냄새.
붉은 구름의 옷 입은 해의 냄새.
아니, 땀 냄새, 때묻은 냄새,
비에 맞아 추거운 살과 옷 냄새.

푸른 바다…… 어지르는 배……
보드라운 그리운 어떤 목숨의
조그마한 푸릇한 그물어진 영(靈)
어우러져 비끼는 살의 아우성……

다시는 장사(葬事) 지나간 숲속의 냄새.
유령 실은 널뛰는 뱃간의 냄새.
생고기의 바다의 냄새.
늦은 봄의 하늘을 떠도는 냄새.

모래 둔덕 바람은 그물 안개를 불고
먼 거리의 불빛은 달 저녁을 울어라.
냄새 많은 그 몸이 좋습니다.
냄새 많은 그 몸이 좋습니다.

꿈

꿈? 영(靈)의 헤적임. 설움의 고향.
울자, 내 사랑, 꽃 지고 저무는 봄.

깊고 깊은 언약

몹쓸 꿈을 깨어 돌아누울 때,
봄이 와서 멧나물 돋아나올 때,
아름다운 젊은이 앞을 지날 때,
잊어버렸던 듯이 저도 모르게,
얼결에 생각나는 '깊고 깊은 언약'

황촉불

황촉(黃燭)불, 그저도 까맣게
스러져 가는 푸른 창을 기대고
소리조차 없는 흰 밤에,
나는 혼자 거울에 얼굴을 묻고
뜻 없이 생각 없이 들여다보노라.
나는 이르노니, "우리 사람들
첫날밤은 꿈속으로 보내고
죽음은 조는 동안에 와서,
별 좋은 일도 없이 스러지고 말아라."

새벽

낙엽이 발이 숨는 못물가에
우뚝우뚝한 나무 그림자
물빛조차 어슴푸레 떠오르는데,
나 혼자 섰노라, 아직도 아직도,
동녘 하늘은 어두운가.
천인(天人)에도 사랑 눈물, 구름 되어,
외로운 꿈의 베개 흐렸는가.
나의 님이여, 그러나 그러나
고이도 불그스레 물 질러 와라
하늘 밟고 저녁에 섰는 구름.
반달은 중천에 지새일 때.

합장(合掌)

나들이. 단 두 몸이라. 밤빛은 배어와라.
아, 이거 봐, 우거진 나무 아래로 달 들어라.
우리는 말하며 걸었어라, 바람은 부는 대로.

등불 빛에 거리는 혜적여라, 희미한 하늘 편에
고이 밝은 그림자 아득이고
퍽도 가까인, 풀밭에서 이슬이 번쩍여라.

밤은 막 깊어, 사방은 고요한데,
이마즉, 말도 안 하고, 더 안 가고,
길가에 우두커니. 눈감고 마주서서.

먼먼 산. 산절의 절 종소리. 달빛은 지새어라.

묵념

이슥한 밤, 밤기운 서늘할 제
홀로 창턱에 걸어앉아, 두 다리 늘이고,
첫 머구리* 소리를 들어라.
애처롭게도, 그대는 먼저 혼자서 잠드누나.

내 몸은 생각에 잠잠할 때. 희미한 수풀로서
촌가의 액막이제 지내는 불빛은 새어오며,
이윽고, 비난수**도 머구리 소리와 함께 잦아져라.
가득히 차오는 내 심령은…… 하늘과 땅 사이에.

나는 무심히 일어 걸어 그대의 잠든 몸 위에 기대어라
움직임 다시없이, 만뢰는 구적(俱寂)한데,
조요(照耀)히 내려비추는 별빛들이
내 몸을 이끌어라, 무한히 더 가깝게.

- ● '머구리'는 '개구리'의 방언이다.
- ●● '비난수'는 '귀신에게 비는 소리'를 뜻한다.

무덤

그 누가 나를 혜내는 부르는 소리
불그스름한 언덕, 여기저기
돌무더기도 움직이며, 달빛에,
소리만 남은 노래 서러워 엉겨라,
옛 조상들의 기록을 묻어둔 그곳!
나는 두루 찾노라, 그곳에서,
형적 없는 노래 흘러 퍼져,
그림자 가득한 언덕으로 여기저기,
그 누구가 나를 혜내는 부르는 소리
부르는 소리, 부르는 소리,
내 넋을 잡아끌어 혜내는 부르는 소리.

비난수하는 맘

함께하려노라, 비난수하는 나의 맘,
모든 것을 한 짐에 묶어가지고 가기까지,
아침이면 이슬 맞은 바위의 붉은 줄로,
기어오르는 해를 바라다보며, 입을 벌리고.

떠돌아라, 비난수하는 맘이어, 갈매기같이,
다만 무덤뿐이 그늘을 어른대는 하늘 위를,
바닷가의. 잃어버린 세상의 있다던 모든 것들은
차라리 내 몸이 죽어 가서 없어진 것만도 못하건만.

또는 비난수하는 나의 맘, 헐벗은 산 위에서,
떨어진 잎 타서 오르는, 냇내의 한줄기로,
바람에 나부끼라 저녁은, 흩어진 거미줄의
밤에 맺었던 이슬은 곧 다시 떨어진다고 할지라도.

함께하려 하노라, 오오 비난수하는 나의 맘이여,
있다가 없어지는 세상에는
오직 날과 날이 닭 소리와 함께 달아나 버리며,
가까운, 오오 가까운 그대뿐이 내게 있거라!

찬 저녁

퍼르스레한 달은, 성황당의
데군데군 헐어진 담 모도리*에
우둑히 걸리었고, 바위 위의
까마귀 한 쌍, 바람에 나래를 펴라.

엉기한 무덤들은 들먹거리며,
눈 녹아 황토 드러난 멧기슭의,
여기라, 거리 불빛도 떨어져 나와,
집 짓고 들었노라, 오오 가슴이여

세상은 무덤보다도 다시 멀고
눈물은 물보다 더 더움이 없어라.
오오 가슴이여, 모닥불 피어오르는
내 한세상, 마당가의 가을도 갔어라.

그러나 나는, 오히려 나는 ▸▸

• '모도리'는 '모서리'의 평북 방언이다.

소리를 들어라, 눈석이물이 씨거리는,*
땅 위에 누워서, 밤마다 누워,
담 모도리에 걸린 달을 내가 또 봄으로.

*   '씨거리다'는 '지껄이다'라는 뜻이다.

초혼(招魂)

산산이 부서진 이름이여!
허공 중에 헤어진 이름이여!
불러도 주인 없는 이름이여!
부르다가 내가 죽을 이름이여!

심중에 남아 있는 말 한마디는
끝끝내 마저 하지 못하였구나.
사랑하던 그 사람이여!
사랑하던 그 사람이여!

붉은 해는 서산 마루에 걸리었다.
사슴의 무리도 슬피 운다.
떨어져 나가 앉은 산 위에서
나는 그대의 이름을 부르노라.

설움에 겹도록 부르노라.
설움에 겹도록 부르노라.
부르는 소리는 비껴가지만
하늘과 땅 사이가 너무 넓구나. ▸

선 채로 이 자리에 돌이 되어도
부르다가 내가 죽을 이름이여!
사랑하던 그 사람이여!
사랑하던 그 사람이여!

꿈길

물구슬의 봄 새벽 아득한 길
하늘이며 들 사이에 넓은 숲
젖은 향기 불긋한 잎 위의 길
실그물의 바람 비쳐 젖은 숲
나는 걸어가노라 이러한 길
밤저녁의 그늘진 그대의 꿈
흔들리는 다리 위 무지개 길
바람조차 가을 봄 거츠는 꿈

• '거츠다'는 '스치다'의 방언이다.

금잔디

잔디,
잔디,
금잔디,
심심산천에 붙는 불은
가신 님 무덤가에 금잔디.
봄이 왔네, 봄빛이 왔네.
버드나무 끝에도 실가지에.
봄빛이 왔네, 봄날이 왔네.
심심산천에도 금잔디에.

달맞이

정월 대보름날 달맞이,
달맞이 달마중을, 가자고!
새라 새 옷은 갈아입고도
가슴엔 묵은 설움 그대로,
달맞이 달마중을, 가자고!
달마중 가자고 이웃집들!
산 위에 수면에 달 솟을 때,
돌아들 가자고, 이웃집들!
모작별 삼성이 떨어질 때.
달맞이 달마중을 가자고!
다니던 옛동무 무덤가에
정월 대보름날 달맞이!

닭은 꼬끼오

닭은 꼬끼오, 꼬끼오 울 제,
헛잡으니 두 팔은 밀려났네.
애도 타리만치 기나긴 밤은……
꿈 깨친 뒤엔 감도록 잠 아니 오네.

위에는 청초 언덕, 곳은 깁섬,
엊저녁 대인 남포(南浦) 뱃간.
몸을 잡고 뒤재며 누웠으면
솜솜하게도 감도록 그리워오네.

아무리 보아도
밝은 등불, 어스레한데.
감으면 눈 속엔 흰 모래밭,
모래에 어린 안개는 물 위에 슬 제

대동강 뱃나루에 해 돋아오네.

해설

님과 집과 길과 시

이 혜 원

1. 김소월의 생애

김소월은 1902년 평북 정주군에서 태어났다. 본명은 정식(廷湜)이고 소월(素月)은 필명이다. 부유한 환경에서 출생했으나, 세 살 무렵 아버지가 철도 공사장의 일본인 목도꾼들에게 집단폭행을 당한 후 정신이상이 되면서 가세가 급격히 기울기 시작했다. 어린 김소월은 한집에 살았던 숙모가 들려준 고대소설과 설화를 통해 문학적 상상력과 감수성을 키웠다.

1909년부터 1913년까지 남산학교를 다녔는데, 신동이라 불릴 정도로 총명했다. 이 시절 서춘 선생님의 지도로 문학 수업을 받았고, 동네 여자 친구인 오순에게 관심을 갖기 시작했다. 1917년부터 1921년까지 오산학교를 다녔다. 교장이었던 이승훈, 교사였던 조만식의 영향으로 민족의식을 키웠다. 오산학교 시절, 스승이었던 김억의 영향을 받아 본격적으로 시를 쓰기 시작했다. 김억은 소월을 널리 알리기 위해 힘썼으며 소월 사후 『소월시초』를 내서 그의 업적을 정리하였다.

1916년 할아버지가 정해준 배필인 오단실과 결혼했다. 이들 사이에는 딸 둘과 아들 넷이 있다. 소월은 뜻하지 않은 조혼으로 오순과 이별

하고 심리적 갈등을 겪었다. 1919년 3·1운동의 여파로 오산학교가 폐교되면서 졸업예정자로 수료장을 받았다.

김억의 지도로 창작에 매진한 끝에 1920년 ≪창조≫에 「낭인의 봄」 등 시 5편을 발표하면서 시인으로 등단했다. 1922년 배재고보에 5학년으로 편입하여 1년간 우등생으로 다녔다. 1923년 동경대학 상대에 입학하기 위해 도일했다가 그해 10월 관동대지진이 나자 귀국했다. 이후 4개월 동안 서울에 머물면서 김억, 나도향 등과 교류했다. 1924년 고향으로 돌아가 조부가 경영하는 광산 일을 도우며 지냈다. 의지하던 숙모가 평양으로 이사를 떠나게 되어 외로움이 깊어가던 중 한 달 가까이 영변에 체류하며 자기만의 시간을 갖게 된다. 이때 진주 출신의 채란이라는 기생을 알게 되어 교류하며 그녀가 즐겨 부르는 노래를 채록하고 후에 이를 바탕으로 「팔베개 노래」를 만들어 냈다.

조부의 간섭과 아버지의 광증을 피해 처가가 있는 구성으로 터전을 옮겨 살게 되었고, 1925년에는 구성에 동아일보 지국을 개설했다. 지국 경영이 갈수록 어려워지면서 좌절감에 빠져 과음을 하고 심한 술주정으로 분란을 일으키기도 했다. 1925년 12월 26일, 매문사에서 시집『진달래꽃』을 출간했다. 이 시집은 김소월이 생전에 간행한 유일한 시집이다. 『진달래꽃』은 그의 창작활동에서 절정이자 대미에 해당한다. 그는 생활인과 시인의 삶을 병행하지 못하고 좌초해 갔다.

1926년 마음속의 연인이었던 오순이 젊은 나이로 병사하자 큰 충격을 받고 방황하며 시작(詩作)에서 거의 손을 뗐다. 1927년에는 유일한 문우였던 나도향의 요절로 절망감에 휩싸여 삶의 의욕을 잃게 되었다. 그는 마침내 신문지국 경영을 포기하고 고리대금업에 손을 대기 시작했다. 이때부터는 부인과 함께 술을 마시기 시작하여 술장사 집안이라는 말을 들을 정도였다. 고리대금업도 실패하고 논밭을 팔아가면서 근근이 생계를 유지했다. 1929년 9월에는 시인 이장희의 자살 소식 때문에 다시 한 번 충격에 빠지게 된다. 1932년에는 오산학교 동창이자 독립 운동가인 배찬경의 망명 자금을 대주었는데, 이때부터 일본 경찰의 감시를 받게 되었다. 이 시기 김소월이 김억에게 보낸 편지에는 "산촌에 와서 10년 있는 동안 산천은 별로 변함이 없어 보여도 인사(人事)는 아주 글러진 듯하옵니다. 세기(世紀)는 저를 버리고 혼자서 앞서서 달아난 것 같사옵니다. 독서도 아니하고 습작도 아니하고 그저 잠기 힘든 돈만 좀 놓아 보낸 모양입니다"라는 고백이 들어 있다.

32세가 된 1934년 12월 23일 김소월은 고향인 곽산에 들러 일일이 성묘를 마치고, 장터에서 아편을 사서 집으로 돌아왔다. 부인과 술을 마시고 잠자리에 들었고 이튿날 아침 싸늘한 시신으로 발견되었다. 사인에 대해서는 아편 때문이라는 말도 있고 술로 인한 병사라는 말도 있다. 1935년 12월 28일 김억, 이광수, 김동인 등이 주선하여 서울에서 추모회가 열렸다. 1968년 3월에는 서울 남산에 소월 시비(詩碑)가 건립되었다.

2. 좌절된 꿈과 지극한 시혼

김소월은 생전에 시집 『진달래꽃』 한 권을 출간했다. 이 시집은 소제목이 16개나 붙어 있는 특이한 구성을 이루고 있으며, 시가 126편이나 되고 전체 234쪽이어서 시집으로서는 두께가 상당한 편이다. 이 선집에서는 『진달래꽃』에서 100편의 시를 추려서 '님의 노래', '가는 길', '밭고랑 위에서', '꿈으로 오는 한 사람'이라는 네 개의 소제목하에 20여 편씩 분류하였다. 각각의 분류는 님을 그리는 마음, 집을 잃고 떠도는 설움, 근원적 고향과 자연에 대한 동경, 죽음의 그림자와 영혼의 울림에 해당하는 다양한 내면의 풍경을 담고 있다.

표제시인 「진달래꽃」을 비롯하여 김소월의 많은 시에서는 사랑하는 님과의 이별로 인한 상실감이 주조를 이룬다. 「진달래꽃」에서 떠나는 님 앞에 진달래꽃을 뿌리겠다는 선언에는 님을 붙잡고 싶은 마음의 자발적 포기와 함께 못다 한 사랑에 대한 미련이 강력하게 작용한다. "사뿐히 즈려밟고"라는 모순어법에서도 떠나는 님의 발걸음이 가벼울수록 고통이 증폭되는 감정의 반작용이 섬세하게 표출된다. 김소월 시의 화자는 이별을 받아들이면서도 상실감을 두려워하는 이중적인 심리를 내포한다. "죽어도 아니 눈물 흘리우리다"라는 시의 마지막 행은 "말없이 고이 보내 드리우리다"라고 했던 앞의 행과 짝을 이루며 내면의 동요가 훨씬 심화된 양상을 드러낸다. "죽어도"라는 극단적인 말로 다짐해야 할 만큼 님과의 이별은 실상 감당하기 어려운 비애이다.

김소월의 시에서 사랑은 강렬한 감정의 열도에 비해 초극의 에너지가 부족하여 미래의 시간으로 나아가지 못하고 과거의 기억과 현재의 고통스러운 시간 속에 머물게 된다. 대개의 경우 '그리움'으로 표출되는 사랑의 감정은 현재의 고통 속에서 과거의 기억을 소환하면서 발생하는 것이다. 님과의 이별 이후 그리움과 설움으로 이어지는 감정의 변화는 사랑의 포기와 미련이라는 소극적인 심리를 반영한다. 김소월의 님은 부재를 통해 가장 강하게 존재하는 역설적 존재이다. 김소월의 시는 님의 부재에 직면한 자의 좌절과 미련의 표현에서 절창을 이룬다.

김소월의 시에서 '님'의 부재는 '집'의 부재와 연결된다. 그의 시에서 집은 본연의 보호와 안주의 이미지와는 거리가 멀다. 님의 부재는 행복한 집의 상상을 가로막는다.

> 들가에 떨어져 나가 앉은 멧기슭의
> 넓은 바다의 물가 뒤에,
> 나는 지으리, 나의 집을,
> 다시금 큰길을 앞에다 두고.

길로 지나가는 그 사람들은
제가끔 떨어져서 혼자 가는 길.
하이얀 여울턱에 날은 저물 때.
나는 문간에 서서 기다리리
새벽 새가 울며 지새는 그늘로
세상은 희게, 또는 고요하게,
번쩍이며 오는 아침부터,
지나가는 길손을 눈여겨보며,
그대인가고, 그대인가고.

—「나의 집」 전문

    완전한 집은 님과 내가 함께하는 공간이지만, '길'은 님이 부재하고
나 혼자 고립되어 있는 공간이다. 이 시에서 집은 님과 함께하는 공간이
아니라 님이 오기를 기다리는 장소이다. 화자는 집과 길의 경계인 '문
간'에서 님을 기다린다. 오래도록 문간에서의 기다림이 충족되지 않자
나는 문밖으로 나서 서성이게 된다. 길은 결여된 집의 이미지를 확장하
며 님의 부재로 인한 좌절과 미련의 정서를 좀 더 분명히 드러낸다. 님
이 오지 않는 현재의 집을 떠나 님을 향한 마음은 진정한 집을 향해 움
직인다. 김소월 시에 나타나는 무수한 길은 바로 이러한 마음의 흔적에
해당한다.

    「삭주구성」의 "서로 떠난 몸이길래 몸이 그리워/ 님을 둔 곳이길래
곳이 그리워/ 못 보았소 새들도 집이 그리워/ 남북으로 오며 가며 아니
합디까"에서 보이듯, 김소월의 시에서는 님이 있는 곳이 곧 그리움의
대상인 집이다. 진정한 집을 향한 끊임없는 그리움은 마치 집을 찾아 날
아가는 새들의 귀소본능처럼 근원적이다. 남북으로 오가는 새들이나
들 끝에 날아가는 구름에는 집에 도달하고자 하는 간절한 마음이 투사

된다. 이 시에서의 삭주구성은 결코 도달할 수 없지만 끊임없이 그리움을 불러일으키는 장소이다. 삭주구성은 실제로는 김소월이 생업을 영위하며 지냈던 생활공간이었지만 시에서는 영원히 도달할 수 없는 본원적 고향을 뜻한다.

본원적 고향에서 멀어져 불완전한 인생행로에서 만나는 세상의 모든 길은 "나그네 집"(「길」)과 다를 바 없다. 김소월은 평생 안주할 집을 찾지 못한 채 나그네처럼 떠돈다. 그는 1918년부터 1927년까지 오산, 서울, 동경, 정주, 구성 등을 전전한다. 정착지를 잃고 떠돌았던 그의 삶은 식민지의 시인으로서 피해 갈 수 없었던 상실과 소외의 체험으로 가득하다. 근대화로 도시와 농촌이 양분되는 동시에 식민화로 참담한 수탈의 대상이 된 조국의 실상에 대해서도 그는 예리하게 자각한다. 「바라건대는 우리에게 우리의 보습 대일 땅이 있었다면」에서는 전통적인 사회에서 행복감의 원천이었던 자발적인 노동이 식민지 시대에는 '꿈'에 불과하다는 통찰을 드러낸다. "우리의 보습 대일 땅"이 없다는 탄식으로 알 수 있듯 그는 건강한 노동의 꿈이 좌절될 수밖에 없는 원인이 식민지 수탈 때문이라는 사실을 간파하고 있다.

김소월은 집과 땅이라는 삶의 기본 요건이 상실된 피폐한 현실을 예리하게 자각하고 있었다. 그는 집과 땅의 상실이 만연한 식민지의 현실을 절대적인 실향의 상태로 파악했고, 절망과 방황의 정서로 그것을 드러내었다. 그의 시에서 인간 세상의 정처 없음은 자연의 정처 있음과 뚜렷한 대조를 이룬다. 「길」의 기러기나 물처럼 마땅히 가야 할 곳을 향해 가는 자연의 길과 달리 인간은 집과 고향을 빼앗긴 채 "갈래갈래" 찢겨 돌아갈 길이 없다. 김소월의 시에서 '길'은 조화롭고 자족적인 자연과 달리 정처를 잃은 인간의 방황과 갈등을 상징한다.

김소월의 인생은 갈 곳 없이 닫힌 길과 같았다. 그의 길지 않은 생애는 끝없는 번민과 좌절로 점철되어 있다. 치밀한 현실 감각을 지닌 한편

낭만적 열정이 가득했던 모순적인 성향으로 인해 그는 가혹한 현실을 이겨내기보다는 절망과 한탄으로 빠져들었다. 그는 낭만적 이상과 피폐한 현실의 극심한 괴리 앞에서 죽음의 파토스에 몰두하게 된다. 『진달래꽃』에 담겨 있는 무수한 죽음의 그림자와 영혼의 움직임은 이 같은 심리와 무관하지 않다.

「찬 저녁」의 화자는 님과 함께하는 행복한 집의 이상에서 멀어져 정처 없는 길을 방황하던 끝에 무덤가의 집을 서성이고 있다. 무덤가의 집은 결핍과 소외감으로 응축된 그의 내면 풍경과 일치한다. 제목인 '찬 저녁'은 비애와 고독으로 점철된 인생을 감각적으로 압축한다. "세상은 무덤보다도 다시 멀고/ 눈물은 물보다 더 더움이 없어라/ 오오 가슴이여, 모닥불 피어오르는/ 내 한세상, 마당가의 가을도 갔어라"라는 통한의 고백은 끝내 가까워질 수 없었던 세상과의 거리를 드러내며 죽음에 근접해 가는 의식의 흐름을 드러낸다. "살았대나 죽었대나 같은 말을 가지고"(「생과 사」), "사노라면 사람은 죽는 것을"(「사노라면 사람은 죽는 것을」) 등 많은 시에서 그는 삶의 부질없음을 이야기한다. 삶에 대한 애착을 잃고 빠져드는 깊은 허무의식을 표출한다.

김소월의 시에는 빛과 어둠이 미묘하게 교차하는 경계의 시간이 그려질 때가 많다. 가령 "그늘 깊이 오르는 발 앞으로/ 끝없이 나아가는 길은 앞으로/ 키 높은 나무 아래로, 물마을은/ 성깃한 가지가지 새로 떠오른다"(「가을 저녁에」)에서 키 높은 나무의 성깃한 가지 사이로 떠오르는 물마을은 아련한 꿈결처럼 흐르며 영혼의 움직임을 투영한다. 이와 같은 불투명하고 희미한 색채는 시인 자신의 복잡미묘한 정서와 밀착되어 있다. 김소월 시 특유의 빛과 어둠이 뒤섞인 희미하고 불투명한 무채색은 시혼(詩魂)의 깊은 음영을 반영한다.

김소월은 자신의 유일한 시론인 「시혼」에서 "작자의 심령상에 나타나는 음영의 변환"이야말로 시작의 동력이며 미적 가치에 해당한다고

주장한다. 그는 시를 대상의 묘사가 아닌 시인이 지닌 의식의 반영이라고 보았다. 김소월의 시에서 외적인 삶은 특유의 정신적 작용을 거쳐 개성적 정조로 자리 잡는다. "우리의 영혼이 우리의 가장 이상적 미의 옷을 입고, 완전한 운율의 발걸음으로 미묘한 정조의 풍경 많은 길 위를, 정조의 불붙는 산마루로 향하여, 혹은 말의 아름다운 샘물에 심상의 작은 배를 젓기도 하며" 이르는 것이어야 시라고 생각한 그에게 시는 영혼의 울림을 미적 이상과 일치시키려 한 부단한 고심의 산물이라 할 수 있다.

3. 역동적 리듬과 공감의 시학

김소월은 당대 누구보다도 미적 주체로서의 시인의 위상을 선명하게 자각한 시인이었다. 그럼에도 그의 시가 선구적 미의식의 측면보다 보편적 감성에 조응한다는 점에서 주목되었던 것은 좌절과 미련 사이에서 방황하는 인간적 정서에 밀착하여 광범위한 호소력을 발휘하기 때문이다. 그의 시는 꿈과 사랑을 포기한 채 상실감과 비애에 젖은 마음의 상태를 그려냄으로써 폭넓은 공감을 불러일으킨다.

김소월의 시가 갖는 남다른 호소력의 또 다른 원인은 섬세한 심리의 흐름에 조응하는 절묘한 리듬감에 있다. 흔히 김소월 시의 리듬을 민요조라고 하지만, 최고의 절창에 해당하는 시들은 전통적인 리듬을 창조적으로 변형한 것이다.

> 잔디,
> 잔디,
> 금잔디,
> 심심산천에 붙는 불은

가신 님 무덤가에 금잔디.
봄이 왔네, 봄빛이 왔네.
버드나무 끝에도 실가지에.
봄빛이 왔네, 봄날이 왔네.
심심산천에도 금잔디에.

— 「금잔디」 전문

"잔디,/ 잔디,/ 금잔디"의 느린 호흡으로 서서히 시작되어 빠른 호흡으로 전환되는 이 시의 리듬은 소멸과 생성의 작용이 뒤섞인 생명의 비의를 역동적으로 그려낸다. 김소월 시에서 리듬은 생명의 환희가 드러날 때 유난히 동적이고 고조된다. "가신 님 무덤가에 금잔디"가 "심심산천에 붙는 불"로 타오르며 죽음이 삶으로 역전된 순간도 그러하다. 이 시에서 금잔디는 심심산천의 어둠을 뚫고 솟아오르는 생명의 불꽃과도 같다. 이 시의 리듬이 유별나게 신명 나는 것은 가신 님의 무덤가에서 솟아나는 금잔디가 님의 재생을 연상시키기 때문이다. 금잔디는 님의 존재와 환치되며 「초혼(招魂)」에서와 같은 간절한 혼의 부름에 화답한다. "봄이 왔네, 봄빛이 왔네/ 버드나무 끝에도 실가지에/ 봄빛이 왔네, 봄날이 왔네"에서의 단순하고 반복적인 언어는 무덤 속의 님을 끌어낼 듯한 강한 흡입력을 발휘한다. 이 시는 주술적인 도취 상태에서 님의 재생이라는 환상에 빠져드는 영혼의 움직임을 역동적인 리듬으로 들려준다.

김소월 시에는 이처럼 죽음 속에 깃든 삶을 포용하는 영혼의 울림이 깃들어 있다. 이는 소외의식이나 자폐적 태도와 대비되는 김소월 시의 중요한 측면이다. 그의 시에서 현실의 소리와 영혼의 소리는 대위적 관계를 이루며 긴장감과 역동성을 형성한다. 그러나 김소월은 현실의 두터운 지층을 뚫고 올라오는 영혼의 소리를 그리 많이 들려주지는 못했다. 그는 누구보다도 현실의 강고함을 예민하게 인식한 시인이었기 때문이다.

　김소월 시의 주체는 현실에 구속된 보편적인 인간으로서 불가항력적인 삶에 끝없이 절망하면서도 미련이라는 지속적인 정서를 드러낸다. 김소월은 이상과 현실의 괴리로 좌절하면서 생겨나는 포기와 미련이라는 양가적 감정을 세밀하게 반영함으로써 인간의 보편적 감성과 호응하는 시인으로 자리매김한다. 김소월의 시는 한국 시 중에서 노래로 가장 많이 만들어졌다고 한다. 시대를 초월하여 폭넓은 공감을 이루는 섬세한 정서와 단순하면서도 역동적인 리듬의 묘미야말로 김소월 시가 지닌 생명력의 비결이라 할 수 있다.

작가 연보

1902년   9월 7일 평북 구성에서 태어나 평북 정주에서 성장함.
본명은 김정식, 소월은 필명.

1909년   남산소학교 입학.

1915년   오산중학교 입학. 교장 이승훈, 교사 조만식의 영향으로 민족의식
을 키움. 스승 안서 김억을 만나 본격적인 문학 수업을 받기 시작함.

1916년   홍단실과 결혼.

1919년   3·1운동 여파로 오산학교가 폐교되어 졸업예정자로 수료장 받음.
귀향하여 당시(唐詩)와 서구 시를 탐닉하고 잠시 평양을 여행함.

1920년   김억의 지도로 창작에 매진하고 ≪창조≫에 「낭인의 봄」 등을 발표
하여 등단. 딸 구원 출생.

1922년   배재고보 5학년에 편입하여 우등생으로 1년 다님.

1923년   3월 교지 ≪배재≫에 「길손」, 「달밤」, 「접동새」 등 발표.
배재고보 졸업 후 일본 유학길에 오름. 동경상대 예과에
진학했으나 10월 관동대지진으로 귀국.
이후 4개월간 서울에 머물면서 김억, 나도향과 교류.

1924년   귀향해서 조부의 광산일을 도우며 소일. 영변 여행을 다녀와서
≪영대≫ 동인으로 활동. 처가인 구성으로 이사. 장남 준호 출생.

1925년   구성에서 동아일보 지국 개설. 사업이 부진해지자
실의에 빠져 술을 가까이함.
시집 『진달래꽃』(매문사) 간행.
시론 「시혼(詩魂)」을 ≪개벽≫(5호)에 발표.

1932년   독립운동가 배찬경의 망명 자금을 대주고 일경의 감시를 받음.
만주행을 꿈꿨으나 실패.

1934년　　8월 「제이,엠,에쓰」, 「돈타령」 등 발표.
　　　　　　　12월 24일 32세로 평북 구성에서 사망.

지은이 **김소월**

한국을 대표하는 서정시인으로, 노래로 만들어진 시가 가장 많은 시인이기도 하다. 민요 등의 전통적인 가락을 창조적으로 변형하여 민족 고유의 정서를 담아냈다. 시집으로는 1925년 간행한 『진달래꽃』이 유일하다.

어린 시절 조부에게 한문을 배우고 숙모에게 옛이야기를 들으며 자랐고, 오산학교에서 스승인 김억을 만나 시를 쓰기 시작했다. 1920년 ≪창조≫에 시를 발표하며 등단했고, ≪개벽≫과 ≪영대≫를 무대로 작품 활동을 펼쳤다. 1923년 동경 상대에 입학했으나 관동대지진이 일어나 귀국했다. 조부의 광산 일을 돕다 처가인 구성으로 거처를 옮겨 1926년에 동아일보 지국을 개설했다. 사업이 어려워지면서 술에 의지하며 지내다가 1934년 음독자살로 생을 마감했다.

32세의 젊은 나이로 불운한 생을 마쳤지만 민족시의 정수로 평가받는 시들을 남겼다. 사랑과 이별과 그리움이라는 보편적인 정서를 내포한 토속적인 언어와 정밀한 리듬으로 뛰어난 호소력을 발휘한다. 님과 집과 길을 잃은 자의 정한이 함축된 김소월의 시는 당대 삶의 충실한 반영이자 전통 시가의 맥을 잇는 절창으로 한국 서정시의 전범을 이룬다.

엮은이 **이혜원**

고려대학교 미디어문예창작학과 교수이자 문학평론가이다. 주로 한국 현대시를 연구해 왔으며, 생태문학에 관심이 많다. 그동안 지은 책으로 『현대시의 욕망과 이미지』, 『세기말의 꿈과 문학』, 『현대시 깊이 읽기』, 『현대시와 비평의 풍경』, 『적막의 모험』, 『생명의 거미줄: 현대시와 에

코페미니즘』, 『자유를 향한 자유의 시학: 김승희론』, 『현대시 운율과 형식의 미학』, 『지상의 천사』, 『현대시의 윤리와 생명의식』 등이 있고, 엮은 책으로『#생태 시』(공편), 『#생태 소설』(공편)이 있다.

한울세계시인선 05

잊었던 맘
김소월 시선집

지은이 ㅣ 김소월
엮은이 ㅣ 이혜원
펴낸이 ㅣ 김종수
펴낸곳 ㅣ 한울엠플러스(주)
편집책임 ㅣ 조수임
편집 ㅣ 정은선

초판 1쇄 인쇄 ㅣ 2024년 6월 5일
초판 1쇄 발행 ㅣ 2024년 6월 25일

주소 ㅣ 10881 경기도 파주시 광인사길 153 한울시소빌딩 3층
전화 ㅣ 031-955-0655
팩스 ㅣ 031-955-0656
홈페이지 ㅣ www.hanulmplus.kr
등록번호 ㅣ 제406-2015-000143호

Printed in Korea.
ISBN 978-89-460-8316-5 03810

※ 책값은 겉표지에 표시되어 있습니다.